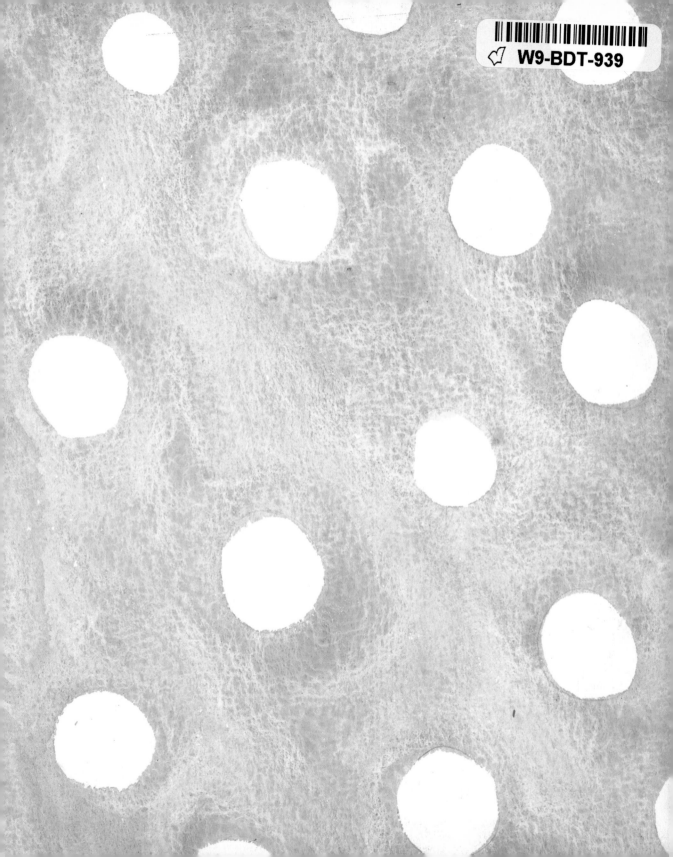
W9-BDT-939

Para Pete

C.R.

Los libros de la colección «Fácil de Leer»
están clasificados por Bernice y Cliff Moon,
del Centro de Enseñanza de la Lectura
de la *School Education,* perteneciente
a la Universidad de Reading (Reino Unido),
en tres niveles aproximados de lectura.
Los libros amarillos son para principiantes
(a partir de cuatro años); los rojos, para lectores
que empiezan a adquirir fluidez (a partir
de cinco años); los azules, para lectores
más avanzados (a partir de seis años).

Traducción: Juan Manuel Ibeas

Título original: *The Fibbs*
© 1987, Chris Riddell
Publicado en Gran Bretaña por Walker Books, Ltd.
© 1987, de la edición española, Grupo Anaya, S. A.
Josefa Valcárcel, 27. 28027 Madrid

1.ª edición, septiembre 1987; 2.ª edición, junio 1989

I.S.B.N.: 84-207-3371-1
Depósito legal: M. 20.769/1989
Impreso en Talleres Gráficos Peñalara, S. A.
Ctra. de Fuenlabrada a Pinto, Km. 15,180 (Madrid)
Impreso en España — Printed in Spain

LA FAMILIA T ROLA

Escrito e ilustrado por
Chris Riddell

ANAYA

—¿Has traído los plátanos? —preguntó la señora
Trola a su marido, que volvía de la compra.

—Pues no —dijo el señor Trola—. Iba a traerlos, pero...

—¿Pero qué? —preguntó la señora Trola.

—No te lo vas a creer —dijo el señor Trola—, pero cuando salía de la frutería…

...una gigantesca mano peluda
vino de lo alto y me agarró.

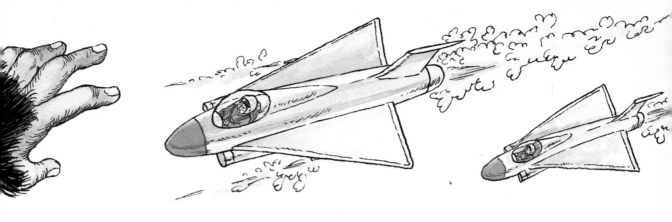

Me encontré en lo alto de un rascacielos, en las garras de un gorila gigante. Abajo se veían coches de policía y de bomberos, y se había arremolinado mucha gente. Entonces, de entre las nubes salieron aviones a reacción disparando sus ametralladoras, y el gorila se puso muy furioso.

Antes de que pasara algo malo, decidí arreglar las cosas. Así que le dije al gorila: «Perdone, ¿quiere usted un plátano?»

«Es usted muy amable», dijo el gorila, y se comió todos los plátanos de un bocado.

Luego me trajo a hombros hasta casa. Pero no te preocupes, en vez de plátanos podemos comer un poco de tu pastel de chocolate.

—Estoo... no —dijo la señora Trola—. Sí que lo iba a hacer, pero...

—¿Pero qué? —preguntó el señor Trola.

—No te lo vas a creer —dijo la señora Trola—, pero nada más irte tú, algo que parecía un plato gigante aterrizó en el jardín. Y del plato salieron tres hombrecillos verdes, que entraron en la cocina. «Venimos en son de paz, mujer de la Tierra —dijeron—. ¿Qué hay de comer?»

«Aún no hay nada —dije—, pero iba a hacer un pastel de chocolate.»

«Te ayudaremos», dijeron los hombrecillos,
poniendo manos a la obra.

Mezclaron harina,

con judías en lata,

detergente líquido y pimienta,

y lo metieron todo en el horno.

En menos que canta un gallo, la puerta del horno se abrió, y salió una gran masa esponjosa, que se puso a perseguir al gato.

«¡Es el mejor pastel que hemos hecho! —dijeron los hombrecillos—. Puedes quedártelo si quieres.»

«No, gracias —dije yo—. Me gusta mucho más la comida de la Tierra.»

Así que les hice un gran pastel de chocolate.

En cuanto lo probaron, me dijeron:

«Tienes que darnos la receta, mujer de la Tierra.»

«De acuerdo, pero tenéis que llevaros esa asquerosidad», dije yo.

Lo malo es que también se llevaron lo que
quedaba del pastel. Pero no importa, podemos
tomar una taza de té. ¿Dónde está la tetera?
En ese momento entró corriendo Casimiro Trola.
—No os lo vais a creer, pero…

—¿Pero qué? —preguntaron el señor
y la señora Trola.

—Pues veréis —dijo Casimiro Trola—. Estábamos jugando al fútbol con la señora Potájez, la vecina, y de un puntapié metió la pelota por la ventana...

…la pelota cayó en la mesa y rompió la tetera.

Quería habéroslo dicho antes, pero…

—No se puede creer nada de lo que este chico cuenta —dijo la señora Trola.

—No sé de dónde se saca esas historias —dijo el señor Trola.